흰
꽃

흰 꽃

정한용 시집

문학동네

自序

네번째 시집,
여전히 미숙하고 어리석다.
상처에 새겨진
흰 꽃을 본다.
내가 살아가는 힘이 된다.
고맙고 사랑스럽다.

차례

2부

3부

1부

새벽에

새벽 세시에 천둥치는 소릴 듣고
잠에서 깨어 창밖을 본다
검은 바다와 흰 바람이 불빛에 일렁인다
저기 어디쯤
그리워했던 것들 모두 사라지고
버려야 할 것들만 어스름에 선명해진다
어떻게 흘러 여기까지 왔나

새벽공기가 선선하게 침엽수를 흔들고
새들이 지난밤의 기억을 물어다 풀숲에 심으면
강에선 물고기들이 그 씨앗을 훔쳐 달아난다
내가 선 곳이 이렇게 아플 줄이야
아침이 터올 때까지 창에 서서
꿈을 벗어 걸어놓고 밖을 본다
거기, 누구지?

봄비

강을 건너자 비가 가늘어졌다
산발치에 닿아선 하늘까지 맑아졌다
땅은 이미 충분히 젖어
검고 부드럽게 나무뿌리에 담았던 향을 풀어냈다
포클레인이 모래흙 한 무더기
내 키만큼 쌓아놓은 뒤였다
새로 파낸 사토(沙土)는 새 봄비를 맞아 빛이 더 맑았다
이미 마음을 궁글렸으니
세상 전부가 함께 묻힌다 한들 이상할 게 없었다
흙을 가리고 방향을 잡아 자리를 정한 다음
조용히 내려놓았다
내 귀엔 아무 소리도 들리지 않았다
그저 평온한 세계로 들고 있었다
구름 걷히고 햇살 퍼지면서 흙내음 진한 달구노래 들렸는지
어머니는 하나님을 믿었으니
그후 어찌되었는지는 잘 알 수 없는 일이었다
포르릉 산새가 날아간 것인지

산역을 마친 이들이 햇무덤에서 내려오고 나서야
나는 문득 손이 텅 비었다는 것을
상처가 아리다는 걸 느꼈다
봄비 걷히고
내 알몸 위로 울음이 쏟아졌다

풀뽑기

쉽게 풀들은
어머니 이마에서 발치까지
온 무덤을 제 집처럼 헤집고 다녔군요
너그럽기도 하시지
내 무딘 호미질이 땅에 꽂히자
일제히 발톱을 세워
흙을 움켜잡고 놓지 않습니다

당신 잠시 잊고
하루하루 사는 일에 매인 사이
당신께선 들풀 꾸역꾸역 불러세우셨군요
얼마나 고적하셨으면
망초 하얗게
명아주 노랗게
엉겅퀴 보랏빛
환한 잔치를 차리셨군요

나 없이도
저문 세상에 그리움을 덜어놓고
풀에 기대셨군요
단단하게 엉킨 뿌리를 천천히 뽑아내며
내 빛까지 덜어내실까 걱정입니다
지우실까
두렵습니다

유월 일기

학교에서 길 건너
아파트 공사가 한창이다
시끄러운 소리가 끊임없이 수업을 방해한다
벌써 몇 달째
제일 먼저 잘 빠진 여자 허리 같던 산능선이 사라지고
조금 지나 동아솔레시티 아파트가 사라지고
이젠 초고층 성채가 하늘까지 막는다
꽉 막힌 공부시간 사이
겨우 비집고 들어온 햇살 자락이
유리창 너머 민들레 씨앗에 얹혔다가
옆 팥배나무 연두 잎으로 자리를 옮긴다
몸이 불편하다고 하소연이다
돌이켜보면
하루하루 물렁물렁하게 지나간 것이
마치 철근이나 콘크리트처럼 굳어져, 드디어는
조금씩 어두워지는 것이 生이다
혹 막힌 틈으로 쏟아져들어온 빛이 흰 꽃을 빚을 때

그게 평온한 힘이 된다

여름 오기 전

모처럼 오늘 햇살이 몽글몽글하다

시월이 부서질 때

인디언 썸머가 오래 계속되면서
젊은 학생들은 반팔 셔츠로 캠퍼스를 돌아다닌다
접시던지기 경기에 사람들이 몰려나오자
쭈글쭈글 바람 빠졌던 공원이 다시 탱탱해진다
아이오와 하우스 옆 강에서 여름을 지낸 오리들도
머리를 물에 한참 박았다 빼고 무리끼리 꿕꿕 떠들 뿐
집 찾아 돌아갈 생각이 없다

산책길 다리 위에서
강 상류 쪽으로 안개가 걷히는 것을 본다
작은 물방울이 빨려올라가다 나뭇잎을 건드리자
가지에 겨우, 아니 오래, 매달려 더 날씬해진 아랫도리를
부르르 떤다
지난 한 해 행복했던 사람과 아팠던 사람들 머리 위로
공평하게 낙엽이 내린다
아직 가을이 아니라고 사람들이 우길 때에도
나무들은 시간이 익었음을 알고

알몸을 증거로 세운다

이건 명약관화한 일이라는 게
결국 밝혀진다
죽음이 친절하게 문을 열어준 사물들 틈에서
아직 숨 쉬는 소리 들을 수 있다면
오리와 나무 같은
무엇을 지적하든, 그것은 결국 우리 뜻 바깥이 되므로
내가 여기 선 연유가 생을 미는 것이 된다 해도
다시 날카로워진 말에 살을 베인다 해도
마침내

느티나무 그늘

가을 깊고 단풍이 익고 나서야
느티나무도 차별이 있다는 걸 안다
초록 섞인 붉은
노랑 갈색 중간 되는
숯처럼 검붉게 타오르는
치자처럼 샛노란

퇴근길 안산천 따라 늘어선 느티나무
그 아래 놓인 벤치
거기 어느 날부턴가 나이 지긋한 한 커플이
오손도손 얘기를 밀었다 당기는 게 보인다
저녁 햇살은 선선하면서도 부드럽다
한 노인이 건너 쪽으로 손짓하며 뭐라 했더니
옆 노인이 맑게 웃는다
저녁놀도 맑아진다

생명의 끝에 놓인 두 잎이

나무 꼭대기에서 천천히 떨어져 흙에 닿는다

반짝 한 번 뒹굴고

흙의 따순 입김을 빨아들인다

나무에서 나와 나무로 걸어들어간 것이므로

다음 내가

그 자리에 앉아도 좋겠다

낮은 곳

강이 얼어붙었다
나뭇잎 끝 건드리자 툭 부러진다
시내가 멀리
햇살과 물안개에 섞여 흐릿 보인다
나를 묻기에 좋은 곳이다

강파 선생은 이렇게 적었다…… 일절 부고하지 말고 죽은 다음날 바로 장례 치르라…… 꽃은 두지 말고 두려거든 들꽃 한 묶음 꺾어 얹어라…… 관을 마련하되 상여를 하지 마라…… 묘는 쓰되 봉분이 동물들이 다니는 데 걸림돌이 되지 않도록 낮게 만들라…… 묘지석은 절대로 입석은 금하며 속히 평지가 되게 하라…… 지금 그 平墳 위에는 그릇 한 점만 이름을 대신하고 있다

아득하다
너무 멀어 홀로 쓸쓸하게 빛난다
당신을 찾아가는 길 위

얼음 자박자박 밟히고 바람구멍 뚫린다
오늘은 여기
그리움을 맑게 씻어 내려놓는다

매헌을 만나

봄비, 뜰이 적막하다
아무도 없는 충의사* 마당으로 슬며시 들어선다
한참 그렇게 서 있는데
빈 터 가득 작은 떨림 소리가 인다
무명의 언어
측백나무다, 조팝나무와 패랭이가 나누는 대화다
해독하기 어렵고 번역하기 불가능하지만
분명 이국어는 아니다
젓국내 나는 사투리 닮았다
손 젓거나 눈썹 치켜뜰 때 그 말과
찬찬히 빗줄기 훑어낼 때 그 말이 다르다
울림이 다르고 뜻이 다르고 향이 다르다
때론 약강조, 때로는 강약약조로 스미는 소리
뜰에 넘친다
아마 내가 거기 숨어 엿보는 걸 잊은 모양이다
아니 처음부터 난 없었던 것
사당 문을 열고 스물다섯 새파란 청년이 댓돌을 내려

내 옆에 선다 사월 오후
말씀 깊어지고, 가는 빗줄기 사이사이
시간이 느릿 기어가다 굽는다
향촉에 불을 붙이고 마당을 돌아나올 때도
내가 있던 빈자리에는
여전히 한 사내가 서 있다

* 충의사 : 충남 예산에 있는 매헌 윤봉길 의사의 사당.

달과 함께 가다

혹시 헛것을 본 게 아닐까
길은 자꾸 휘어져, 얼마를 왔는지, 얼마를 더 가야 하는지
지도에 적시된 도로가 시베리아 한가운데서
끊어져버렸다

시간은 잔인하고 세월은 무심한 것
뼛속을 훑어낸 찬바람이 자작나무 숲으로 빠져나간다
뭘 먹었지?
떠돌이 객승처럼 설원을 헤매다 한술 뜬 게 또 언제였는지
짧은 육신을 길게 뉜다
밤은 깊고 달이 높다

천 년을 이렇게 살았으니
다시 천 년인들 못 견디랴

걸음은 느려도 흔적은 남고
말은 사라져도 전설은 이어진다

이제 여기 눈무덤을 세우고 얼음탑에 비명을 새겨야 한다
다음 빙하기까지
견딤도 사치에 이른다

새에게 길을 묻다

어떻게 여기까지 왔지?
검고 두터운 눈안개를 뚫고 겨우 몇 걸음 나가면
등 뒤에 지나간 길이 쓱쓱 지워져
아무것도 없다

얼음기둥처럼 서 있던 사이프러스조차 눈발에 묻힌다
칼데라 산정으로 난
한줄기 외로운 곡선으로만 이름이 구별되는
국도인지 고속도로인지 이정표를 구별하기 힘든
로스 알라모스에서 야메즈 스프링스까지
남은 길이 아직도 다섯 시간

키를 낮춘 나무들이 흰 꽃을 털어내며 내게 묻는다
넌 어디서 와서 어디로 가는가
너는 누구인가
나무 끝에 정물처럼 박힌 새에게 나는 묻는다
나는 누구이며

나는 이제 어디로 가야 하는가

칼바람에 눈 폭풍이 일자
눈꽃들이 생의 축제와 미망의 잔치를 펼친다
새는 홀로 울며
내 등을, 지쳐 쉭쉭거리는 렌털 카를 밀어낸다

등 푸른 생선처럼 펄떡거리는 산정에서
마법의 책이 열리고 칼데라 거대한 눈동자 위로
내 낡은 몸을 물고
새가 날아간다
새가 앉았던 둥그런 자국이 나무 끝에서
부르르 떤다

까마귀

웬일인지 여긴 까치보다 까마귀가 더 많다
새까맣게 빛나는 날개를 곧게 펴고 공원 너머로 날아간다
새 울음은 어디나 같다
아니, 아닐지도 모른다, 일본어일지 모른다, 새들의 방언
넌 조선에서 왔는가, 한국에서 왔는가
넌 왜 일본어도 한국어도 아닌 영어로 말하는가
우에노 공원의 아침안개
누군지 모를 영혼의 신사 쪽으로
혹은 아키히바라 쪽으로 내 머리를 스쳐 지나간다
까마귀는 천오백 년 전 역사를 알고 있을까
그게 너무 아득하다면 지난 세기의 검은 기억을 갖고 있는가
부질없는 일
조선의 까마귀가 까치에게 빼앗긴 영예의 보루를
대신 네가 여기서 보답받는다면
내 돌아가 일러주마
사람 사이의 말이 서로 알아듣지 못해 두려운 것처럼

말이 더 슬픈 기록을 검게 물들이지만
내 전하마
여기 봄이 오면 거기도 봄이 오고
거기 겨울이면 여기도 눈꽃 희게 열린다고

북해도 술집 주인

미에현 현청소재지 津市를 'Tsusi' 라고 써놓았길래
'추시' 라고 했더니, 그게 아니란다.
따라해보세요…… '쯔시'.

津驛 뒷골목.
북해도에서 천 리도 더 남녘인 이곳에 웬 북해도?
이름에 끌려 들어간 술집.
오십대 넘은 통통한 얼굴 손 크게 생긴 주인이 환히 웃는다.
오래 잠가둔 창고에서 영어를 꺼내
주섬주섬 한 잔씩 따라놓는다.
아귀가 맞지 않아 울퉁불퉁한 말로, 우리말도 일본말도
아닌
우린 반쪽짜리 언어의 공범자가 된다.

한 이십 년 전에 현대자동차에 근무했었지요.
덕분에 한국 사람들과 친해졌고 돈도 좀 벌었답니다.
인생이 다 그렇죠…… 벌어놓은 돈 사업하다 다 까먹고

오 년 전부터 여기서 술장사하고 있습니다.

이 애가…… 여기 음식 만드는 조수가 제 아들입니다.

伊勢 대학에서 법학을 공부하는데 젊은 놈이 나보다 영어를 못하지요.

밤이 이슥해지자 손님들이 하나둘 일어서고

갑자기 귀가 허전해진다.

소리가 잦아든다.

북해도에서 걸어서 십 분이면 바다에 닿는다.

伊勢灣을 향해 열린, 태평양으로 다리를 뻗고 잠든 바다.

바다 쪽으로 찌그러진 보름달이 떠 있다.

삼나무에 내리는 눈

반남고등학교로 가는 아침
잠시 쉬자고 자리잡은 산등성이로 여우비처럼 눈이 날린다.
갑자기 나무들이 우우 소리를 낸다.
구불구불 이어진 산길 따라 꼿꼿이 줄 서 있던 나무들이
삼나무 말로 웅성거린다.
편백나무와 대나무도 끼어든다.

반남과 앙양고등학교 사이에서 나는 길을 잃고
물끄러미 나무를 쳐다본다.
무엇을 찾아 여기 온 거지?
촘촘하게 서로를 기댄 컴컴한 숲으로 내가 짊어지고 온 무게가 눕는다.
지나온 길과 가야 할 길 한가운데
눈보다 더 하얗게 질려 있는 한 사람이 있다.
조금씩 늙어가는
아니 낡아서 등껍질이 벗겨지는 사내가 있다.

이 지방에 눈이 내리는 건 정말 흔한 일이 아닙니다.
앙양에 닿았을 때 교장선생님은 공연히 호들갑을 떤다.
눈이 좀더 거칠어지고
삼나무들도 드디어 쏴, 늦은 인사를 건넨다.
점심식사를 제대로 했는지 잘 생각이 나지 않는다.
무엇을 찾아 여기 온 거지?
나는 다시 삼나무의 말에 귀를 기울인다.

그래, 나는 이렇게 늙어갈 것이다.
내가 담아온 눈꽃들이 세상에 하얗게 퍼져가면서
내 무덤을 두들길 것이다.
나는 죽어 삼나무 숲에 묻히고 싶다.
아니, 삼나무 숲에 뼛가루만이라도 날리고 싶다.
나무들이 들려주는 방언에 내 몸을 들이밀어 숲이 되고 싶다.

아름다운 미야 강 백 리 길 빠져나온 뒤

뒤돌아 다시 본다.

삼나무들이 흰 눈을 뒤집어쓴 채 손을 흔든다.

눈꽃처럼 사내도 눌러붙는다.

도라지꽃

흰 꽃이 피었습니다
보라 꽃도 덩달아 피었습니다
할미가 가꾼 손바닥만한 뒤 터에
꽃들이 화들짝 화들짝 피었습니다
몸은 땅에 묻혀 거름이 되고
하얀 옷깃이 바람에 흔들립니다
무더기로 손 쓸립니다
수년 전 먼저 길 떠난 內子를 여름빛으로 만나
한참을 혼자 바라보던 할애비도
슬며시 보랏빛
물이 듭니다

누란과의 대화

나무들이 제 무게를 길게 내려놓으면
햇살도 눈발에 섞여 조금씩 무뎌진다
가지 새에 박혀 있던 새들도 입질을 끝내고
푸르르 날아 허공에 박힌다
하지만 그것도 잠시
어둠이 누란을 지우면서 밀려와 앞길까지 덮으면
오로지 목소리만 남는다

낡은 외투
빈속에 맑은 소주 붓는 것만으로
따뜻한 겨울이었던 때가 있었다
꽝꽝 얼어붙은 동쪽 하늘에 달 하나 부침개처럼 떠서
누란으로 가는 길에
누란은 보이지 않고
누란의 허깨비들 웅성거림만 들려
나는, 길을 잃었다

어두워진 나무에 기댄다
나무는 땅에서 끌어올린 찬 손바닥으로 등을 긁는다
내가 선 곳이 깊다
지금은 누란의 시절이 아니므로
전설은 수천 검은 혀가 되어 불타오른다
명사산 건너
거기도 소리나는 불꽃나무가 있는지

미시시피 강가에서

한 사내가 앉아 있다
벗어젖힌 웃통에 뜨거운 햇살이 내려 꽂힌다
나무 그늘이 움직이기를 기다렸다가
자리를 옮긴다
강 멀리 억새가 섬을 에돌아간 저쪽 흙탕물로
70년대식 증기기선이 지나간다
배를 한참 바라본다
낚시엔 아무것도 걸려들지 않는다

사내는 낚시망태에 물고기 대신
고요를 집어넣는다
물에 비친 햇살 두어 토막도 잘라 담는다
수초에 걸려 귀가 떨어진 그리움도 넣는다
수백 리를 밤새 달려 거기에 닿은
아늑하고 투명한 곤고함,
세상 이편에는 존재하지 않는 모든 부재의 염결성을
양념으로 섞어 넣는다

한낮 폭염이
강물에 씻기어 황토색으로 뿌려지고
저녁나절 기어코 비가 내린다
사내의 낚시도 이제 끝난다
그는 수백 리 온 길로 돌아갈 것이 아니라
이제 새로 틀 길이 또 그만큼,
여우비도 고요의 무게를 아는지 푸드득 묻는다
넌, 누구?

수목한계선

백두쯤에는 있을까. 나무들이 낮게 엎드려 허리를 굽히고, 가지는 죄다 처져 몸을 도사리는 모습을 본다. 한참 오르고 올라 숨이 콱 잠길 때쯤이다. 그 경계를 넘으면 드디어 나무들이 자라지 않는 하늘 밑, 만물이 훤해지고 가벼워져, 길조차 흔적 없이 사라진다. 캐나다 로키, 에메랄드 호수가 보이는 산정에서, 꼭 한 번 그런 곳을 찾은 적이 있다.

흰 바위 사이로, 땅에 뱃가죽을 찰싹 붙인 풀들이, 조그만 꽃을, 앙증맞게 밀어내고 있었다. 그것도 지천이었다. 겸손하지만, 보랏빛은 좀 거만하게 선연해서, 그 산맥의 정적을 흔들기에 충분했다. 하지만 주인은 따로 두고 있어, 내가 아니었다. 모기보다 작은 벌들이라 했다. 머리칼보다 가는 빨대로 꽃을 들쑤시고 다니며, 이슬보다 조그만 꿀방울을 모아 바위틈에 감춰둔다. 벌도 벌이지만, 바람 속에서 긁어모은 작은 양식을 조금씩 나눠주는 꽃들이 장관이었다.

내겐 두려움이라 말할 수 없는, 빈 듯 가득 찬 세상의 주민들 틈에, 주민등록도 없이 성가시게 한 것이 미안할 뿐이어서, 보라 꽃을 망연히 바라보았다. 장대한 앞산엔 만년설이 풀조차 허용하지 않고, 수목은 아예 불허하고 있었다. 그 속에서 '야로우' 라는 이름의 손톱만한 흰 꽃을 발견했으나, 수년간 찾아 헤매던 '눈꽃' 이 아닐까, 작은 희열에 싸였다. 설산 위로 해 떨어지고 내려갈 길 또한 아득했지만, 내 회귀의 풀숲은 아직 뜨거웠다.

불꽃나무

도장집에 가면 벼락 맞은 대추나무가 어찌나 많은지, 그게 다 진짜인지 늘 궁금, 그래서 고향집 마당가에 내 나이보다 백 살은 더 늙은 대추나무가, 죽기 전 보시하는 셈 치고 번개 한 번 맞고 죽으면, 순식간에 수억 원은 벌어주겠다는, 다소 방정맞은 생각.

너무나 거시기한 그 나무를 보기 전까진 그랬다. 그 광대한 장면은, 신화에나 나올 법한 거인의 모습으로 서 있는 나무에 관한 기록이다. 밴쿠버 섬, 빅토리아 시에서 북쪽으로 한 시간쯤, 골드 스트림 공원에는 팔천 년 전부터 계속 번개를 맞고 있는 한 나무가 있다. 둘레가 백이십 길이요, 높이가 천문을 관통했는데, 일설에 의하면 구름을 하도 찔러대 지나가는 구름마다 오줌을 찍찍 싸며 번개를 때린다는 것이다. 온대우림, 땅바닥에 썩은 나무와 이끼가 음산하고, 나무들은 죄다 하늘에 둥둥 떠다니고 있었다. 시간이 멈춰선 곳, 태곳적 불꽃이 여전히 숲을 흔들고 있다.

불은 어디서 왔다 어디로 가는지, 가슴에 심지를 켠 사람들에게 한 자루씩 초롱을 안겨주고, 드디어는 세상 밖으로 퍼져, 젊은 화가의 붓끝으로 옮겨가 광포한 불꽃으로 되살아나기도 하고, 불이 된 나무들에 경배하는 샤먼들의 지팡이가 되기도 하고, 시간의 날개로 옮겨 역사책 쪽마다 초록과 빨강의 이데올로기가 되기도 하고, 내 상처에 흰 꽃으로 돋기도 하고, 아득한 심연으로 스미어 생의 낱알들을 훑기도 하고.

기원하나니, 그대 묻힌 자리, 다시 한 그루 불꽃나무 자라나기를.

시금치

한 아이가 밥을 먹는다
마룻바닥에 앉아 제 몸통보다 더 큰 밥그릇을 놓고
제 입보다 더 큰 숟가락으로 퍼먹는다
한입 쫙 벌리고 밥을 구겨넣는다
밥알들은 입 속으로 들어가기 전
혀에 감겨 작은 덩어리로 흩어지려다 결국
구멍으로 빨려들어간다
찬 공기와 뜨거운 입김이 부딪히며
잠시 작은 태풍이 일고 뱃속이 뜨뜻해진다
아이는 배를 통통 두드려본다
홋 웃는다
다시 한 삽 뜨려다 숟가락을 내려놓고
손가락으로 푸른 시금치 한 무더기를 집어올린다
조심조심 천천히 올라오던 푸른 들판이
짧은 순간 입으로 사라진다
주위를 둘러본다
밥그릇에 눌어붙은 남은 밥알을 뜯어먹는다

밥과 시금치 사이사이 잘 비벼진 희망도 함께 먹는다
아이는 꿈을 꾸다 깨어난 것처럼
숟가락을 내려놓고 더 먹을 게 없나 살펴본다
아직 입을 오물거리는데
그 틈, 푸르게 물든 미래의 시간이 보인다
아이가 자리에서 일어서자
침묵에 싸여 아이를 지켜보던 공기가 화들짝 놀란다
키가 더 커 있다

비가 내린다

소나무가 젖고
벤치가 젖고
망초꽃 흰 살이 젖는다
강물이 젖고
강변 모텔에 새겨진 연인들의 내밀한 약속이 젖는다
한반도가, 그 갈비뼈가 흠뻑 젖는다
빗방울이 내리시는 동안 하늘이 젖고
엿 같은 밤낮이 젖고
부도수표 같은 공약이 젖고
말 많은 자들의 세 치 혀가 젖는다

피, 가, 와, 요

세상이 폐수로 부풀어
당신을 향해
검붉게 흘러간다
흰 꽃도 둥둥

하염없이 하염없이

떠내려간다

2부

일조

요즘 돈이 돈 같질 않다.

1,000,000,000,000원을 우습게 아는 놈이 많다.

▶ 만원권 종이돈 길이가 16.1cm니까 1조원을 이어붙이면 16,100km, 우리나라 고속도로가 총 2,000km니까, 전국 고속도로를 8번 왕복하고도 100km가 남는다. ▶1조원을 땅바닥에 편다면 족히 37만 평, 잠실경기장을 16겹으로 덮고도 우수리가 남는다. ▶강남의 한 타워빌딩이 7,000억원이니 덤으로 무역센터를 끼워 사고도 복채가 떨어진다.

정부가 98년 후 금융 및 기업구조 조정을 하면서 올 4월까지 137조1000억원의 공적자금을 투입했으나 6월 말 현재 회수한 돈은 투입액의 24.8%인 34조2000억원에 머물렀다고 그런다.

▶1조원이면 1만원짜리 책 1억 권을 사서 100만 권짜리 대형도서관 100개를 꽉꽉 채울 수 있다. ▶지난번 수해 때 감전사고로 21명

이 죽은 그 가로등 시설에 돈이 없어 못 고쳤다는데, 1조원이면 그런 것 1,000군데도 더 고칠 수 있다. ▶우리나라 200만 명에 달하는 65세 이상 극빈생활자에게 생보비로 1조원을 준다면 지금보다 서너 배는 받을 수 있다.

또 2003년부터 2006년까지 4년 동안 예정된 공적자금 상환액이 무려 95조4000억이나 돼 차기 정부의 경제정책 운영에서 재정압박이 심각한 걸림돌로 떠오를 전망이라고 그런다.

▶한 달 200만원을 받는 나 같은 월급쟁이가 1조원을 벌려면 400년을 일해도 모자란다. ▶시인이 한 편 써서 받는 고료를 3만원이라 치면, 3,000만 편을 써야 하고, 우리나라 3,000명 시인이 모두 매달려 1만 편씩 말아야 한다. ▶진로소주 빨간 딱지 한 병에 3,000원이면 3억3,000만 병을 살 수 있고, 이 소주를 한강에 쏟아부으면 잠수교가 피눈물에 잠길 것이다.

정부가 지금까지 현대에만 투입한 공적자금이 80조원이라고도 하고 100조원이라고도 그런다. 지역의료보험이 정부지원금 1조9,000억원 이상을 모두 앞당겨 받고도 올 연말까지 500억원 적자가 예상된다고 그런다. 국가 빚이 3년에 54조 늘어났다고 그런다…… 그런다…… 그런다…… 그런다……

예수님, 부처님, 마호메트님,
하나님, 알라님, 응가이님, 상제님, 산신령님, 공자님, 칠성당 장군님
근무시간에 다들 어디 가셨습니까

넷에서 길을 잃다

음모를 해독하면 이렇다. 죽은 새들이 저녁 숲으로 날아간다. 황사바람이 밀려와 어둠을 덮는다. 밤기차는 구멍으로 들어가서 땅을 뚫고 저쪽 빛에 닿거나, 아니면 우주공간에서 별과 부딪혀 깨진다. 이건 허구, 그 반대의 정황도 있다. 아니, 흔적조차 믿을 게 못 된다.

유일한 증인이 살아남았다는 소문이 있다. 기차에 탔다가 정거장에서 잠시 내렸다는 얘기인즉, 연유는 모른다. 자, 그렇다면 우리는 진공으로 빨려들어간 그 기차를 어떻게 추적할 것인가. 중요한 것은 이제 아무도 없다는 것. 승객들이 모두 자기 그림자를 싹싹 지우고, 허공으로 증발했다는 것. 이걸 어떻게 믿으란 말인가.

말없이 그것은 와서
또 말없이 그것은 허공에 퍼진다
하지만 허공 또한 존재하는 것이 아니어서
모든 말은 납작한 침묵이 된다.

떨림만이 꽃잎처럼 이 세상에 흩어져
시간에 좀구멍을 낸다.

이게 진짜 음모다. 지구는 부푼 이스트 빵, 외계인의 맛좋은 식량이 된다. 뭐라고? 암호문이 틀렸다고? 그렇다면 이건 어느 사이트에 접속을 해야 답을 알 수 있지? 우리는 이미 이 땅에서 길을 지웠지만, 길은 꼭 길이 아니어도 좋다. 길 너머에 우리들 꿈이 켜켜로 얹힌다. 더더더 부푸는 구멍들. 기차 바퀴처럼 묵묵부답이다.

등극

크리스마스 깜짝 이벤트를 발표한 함소원이 누드 열풍을 이어가며 1위에 등극하였습니다. 드라마 부동의 1위의 〈대장금〉, 16강에 진출한 청소년 축구, 로또 열풍, 이효리 신드롬, 시위가 계속되고 있는 부안사태, 흥행 1위를 질주하는 〈올드 보이〉가 뉴스순위 상위에 링크되었습니다. 그 밖에 인기 드라마 〈천국의 계단〉과 출연자 고아라가 급상승했으며, 파격적인 화보의 김주하 아나운서, 단식 투쟁의 최병렬, 3주 앞으로 다가온 크리스마스 기사가 화제였습니다.

1	함소원	↑2	11	천국의 계단	↑911
2	대장금	↑2	12	고아라	↑195
3	수능	↑4	13	장애인	↑4
4	청소년 축구	↑1025	14	축구	↑82
5	로또	↑1	15	고현정	↓13
6	이효리	↑6	16	neis	↑18
7	부안	↓2	17	크리스마스	↑12
8	올드 보이		18	보아	↑12
9	환경오염		19	김주하	↑6049
10	이라크 파병		20	최병렬	↑336

맞다.

등극이 맞다.

우리끼리 이야기지만

옆자리 이부장이 이미 예언한 적이 있지 않던가.

갸, 말인디요, 그거 봤시오?

야, 증말, 봉긋, 봉긋, 산봉오리 같다닝께요.

죽여줘요.

이틀에 십억 벌었는디, 삼십억은 거뜬헐 거라, 그러던디요.

정부장님도, 꼭 한 번, 보시욧.

우리 이야기

▷ 린다김, 절대 그런 사이 아니에요

▷ 고속철 검은 돈 입출금 포착, 아직 안 됨

▷ 쓰레기 분리수거 표류 곳곳 악취

▷ 360도 회전식 무인카메라 설치

▷ 승강기 잦은 고장 불안한 하루하루

▷ 포천천 물고기 떼죽음 폐사

▷ 폭력배 총기 사용 체포

▷ 카드 훔쳐 물건 구입한 공익요원 · 애인 구속

▷ 나이트클럽 사장 변시체 발견

▷ 대마 흡연 통기타 가수 등 적발

▷ 간통 비디오 폭로 협박 꽃뱀부부 영장

▷ 수입육 14t 국산 둔갑 판매

▷ 선거는 끝났는데…… 고소고발 잇따라

▷ 48번 국도변 매립 후 농지 불법전용 난립

▷ 안전시공 무시 끝내 부실

▷ 퇴페이발소 검정 썬팅지 가리고 영업

오늘처럼 신문지 쫙 펼치고 퍼져앉아
라면을 끓여 먹는 날은 내가 죽기보다 싫어하는
젓갈김치가 드럽게 먹고 싶다
비린내 풀풀 날리는 새우젓 꼴뚜기 병신 머저리 새끼
우리나라 갯속에서 팍팍 삭은

아름다운 고백

double job을 원하시는 분.

가정에서나 직장에서 간단하게 부업하세요. * 사이트 요약 * 첫째 저희 사이트는 개인 쇼핑몰을 운영하셔서 소매이익을 남기시는 것입니다. 〔사업안내〕 허락없이 글을 올려서 대단히 죄송합니다. 게시판 성격에 부적합하면 삭제시 비밀번호 1010입니다. 등록거부 의사를 보내주시면 다음부터는 절대로 올리지 않겠습니다.
#oownah2@netion.com# 번그럽게 해 드려서 대단히 죄종합니다.

5kg,10kg 정도도 감량이 안되신다면 생각해보셔야 되겠네요

98노벨의학상 수상자들을 비롯한 전문가들의 23년 전통의 선진 다이어트 전문회사 프로그램을 만나보세요. ****특히나 DietInfo의 '체험기 참여하기' 에 많은 분들이 경험해 올린 글과 다이어트로 몸이 변화된 전후 모습을 보여주는 사진을 통해 도전을 받아보세요. 몸에 무리가 없이도 20kg,혹은 50kg 심지어 192kg 감량하고 계속 유지하는 비결도 바로 이곳에 있습니다.

▶당신의 몸이 달라져서 인생까지 달라지는 기쁨을 기꺼이 드릴 수 있지요.

미아리 창녀촌 고화질동영상〔이번에 업데이트했어요 빨리즐감〕

아이미팅 하두리 세이클럽 모든 한국 캠동과 중국 일본 등 캠동 현장 그리고 사창가 몰카등 동영상등 무료저료 무지 많아요 한국 캠 포르노 동영상 무료자료실이 정말 100% 무료로 가입완료 다운로드까지 되었습니다^^ 이런 정보는 정말 접하기 어려운 정보죠^^ 바로 밑의 주소를 클릭하셔서 들어가보시면...
〔중국꺼 다운로드〕〈〈 이 주소를 클릭하시거나 복사하셔서 들어가보세요^^

태국 뒷골목의 섹스촌-미소년일까? 미소녀일까? 끝내주는 동영상★

★충격 실제 입니다★ 새로운 무료 카페... 한국것이 젤루 많아요... 정말 화끈하게 보여줍니다^^ 최고의 무료 성인 자료실 입니다! 일단

한번 들와보세요..

*=수신거부 메일은 용량 관계로=== cam1001@naver.com ===으로 해주시기 바랍니다===

부자가 되는 새로운 방법

부자가 되는 새로운 방법이 있습니다. 저의 사이트을 방문해 보십시요. 행복? 돈으로 행복을 살 수는 없지만, 행복하게 사는데 돈은 필요합니다. 의사, 변호사 등의 전문직을 가진 사람들만이 이룰 수 있는 꿈 연 수입 1억원. 당신의 현실이 될 수 있습니다. 인생의 중요한 선택을 위해 저희 사이트를 방문해 보세요.

WWW.넌누구냐.COM

블리자드 blizzard〔bli:zard〕

〔맹렬한 눈보라. 미국 버지니아 주에서 심한 경우 풍속이 매초 20m 이상, 기온이 영하 12°C 이하, 시계(視界)가 거의 제로. 북아메리카 이외에 블리자드가 유명한 곳은 남극대륙, 아델리랜드에서는 극관(極冠)의 얼음사면(斜面)을 하강풍이 불어내리는데, 8시간 동안의 평균 속도가 매초 48m에 달한 때도 있다. 프랑스에서는 〈불비(boul-bie)〉, 러시아에서는 〈푸르가(purga)〉라고 부른다……〕

드디어 저글링이 시작되었다. 와,와,와……

하지만 테란의 진영…… 대저그전에서는 마린+시지러쉬가 가장 강한데…… 적이 나오면 마린으로, 안 나오면 시지로 공격. 시야는 공중에 띄워둔 엔지니어링 베이가 확보. 고스트로 핵폭을 쓸 수 있고, 또 고스트를 벙커에 넣으면 사정거리가 엄청나다. 핵폭을 쓸 때에는 사이언스 베슬로 방어막을 걸고…… 그 뒤에 마린과 시즈탱크를 투입시키면 적은 초토화된다.

테란은 방어와 공격이 조화를 이루는 안정적인 종족이다.

저그는 속도와의 전쟁, 일단 늦으면 끝이다. 3해처리 멀티가 기본이다. 한마디로 개떼 작전…… 저그 4러쉬(저글링러쉬)가 성공하면 10분 이내 끝이 난다. 급하다. 우,우,우…… 공격시 적기지 앞에서 유닛을 모았다가 공격, 일렬로 가다 러쉬 실패. 주력 러쉬를 생각하면서 상대의 동향을 주시. 상대방의 대응을 관찰. 깨진다, 깨진다. 소용없다. 핵폭이다. 지독한 새끼들……

고요하다. 이제 전쟁은 끝나고 어둠과 평화가 함께 온다.
눈보라가 친다, 살아야겠다.
이건 사라진 저그족의 전설이고,
눈도 바람도 원래 없었던 것, 바람은 움직이는 것이 아니다.
그래도 우리는 살아야 한다.
이건 테란족의 생생한 신화다.

넌 테란이냐, 저그냐, 아니면 프로토스냐?

넌, 누구냐?

오래된 사랑노래

〈html〉
〈head〉
〈title〉낡은 연가〈/title〉
〈meta http-equiv=’Content-Type’ content=’text/html;
charset=euc-kr’〉
〈link rel=’stylesheet’ type=’text/css’ href=’/hatmail.css’〉
〈style〉
td { font-size:10pt; color:#000000; font-family:굴러감; }
.base { font-size:9pt; color:#000000; font-family:잘 굴러감; }
〈/style〉
〈/head〉〈body class=bg topmargin=0 leftmargin=0
marginheight=0 marginwidth=0〉
〈table border=0 cellpadding=2 cellspacing=0 height=60
align=center〉
〈tr〉〈td〉

〈table class=llist border=0 cellpadding=4 cellspacing=1
width=100%〉

```
〈tr〉〈td align=right width=17% class=bgleft nowrap〉〈b〉
제목
〈/b〉〈/td〉〈td class=bgright width=80%〉사 랑 해!!
&lt;O&gt;〈/td〉〈/tr〉
〈tr〉〈td align=right width=17% class=bgleft nowrap〉〈b〉
보낸 날짜
〈/b〉〈/td〉〈td class=bgright〉
2003년 10월 11일 토요일, 낮 12시 15분 17초 +0900
〈/td〉〈/tr〉
〈/table〉

〈/HTML〉〈!— zlxambhZlVSYBLPJs —〉
〈/td〉〈/tr〉〈/table〉
〈!— miagent sub end —〉

〈table border=0 cellspacing=0 cellpadding=0
width=100%〉
〈form〉
〈input type=hidden name=TO〉
```

```
〈input type=hidden name=CC〉
〈input type=hidden name=SUBJECT〉
〈input type=hidden name=CMD〉
〈input type=hidden name=MSGID〉
〈input type=hidden name=FOLDER〉
〈input type=hidden name=mpage〉
〈input type=hidden name=KEYWORD〉
〈input type=hidden name=KEYTYPE〉
〈input type=hidden name=ACT〉
〈script language=javascript〉
〈!—
function spamreport()
{
var Message = '스팸신고를 하시려우?'
if(confirm(Message)==1) {

document.location="/Mail-bin/spam_report?MSGID
=000000000000Um2&FOLDER=+%BD%BA%C6%D4%C
6%ED%C1%F6%BA%B8%B0%FC%C7%D4&mpage=1&K
```

EYWORD= &KEYTYPE=";
}
}
//-〉
〈/script〉

〈br〉〈table class=bgright border=0 cellpadding=3
cellspacing=1 width=97% align=center〉
〈tr〉〈td valign=top〉〈img src=' http://image.hanmail.net/
hm6/set/i1_noti.gif' width=12 height=12 vspace=1〉〈/td〉
〈td class=tkey style=' line-height:140%;' 〉
사　랑　한　다　니　깐"〈a href='
http://wwl259.hanmail.net/Mail-bin/view_submsg.
cgi?TM=Yc9Q727BFSOa33u1GwMT%2BRXHhprBtJnvrV
76rSk13om68lx91cilzlv9sfvAT61tyT%2FdYY%2BNDLWPD
cb3qPikCcHalWqxXFRDTBE3%2FRp%2B9QnHrmo8Efld8E
7HJDx0sNZcs5D%2B4i0UeBV28BAEVhkdU01cJa%2BOqel
GN8JPy3a6b0DAvPeEYT3%2Fqz8AkMrAKDfT1MTKmC4c
eyt1D1T1kNqQU%2Btvt0xDtGX6%2Foz2xb1h%2B10%3D

&type=original&MSGID=000000000000Um2&realname
=%C7%AA%C1%FC%C7%D1+%BA%B8%B3%CA%BD%B
A%BF%CD+%B9%CC%B1%B9+%C1%A4%C5%EB+%BE
%D7%BC%C7%C4%AB%C1%F6%B3%EB%BF%A1%BC%
AD+%BF%C3%C0%CE%21%21+%3CO%3E' target=right
class=ttitle〉원문 받기〈/a〉" 우주의 주소록으로 확인하세요.
〈/td〉
〈/tr〉
〈/table〉
〈/td〉〈/tr〉
〈/table〉〈br〉

〈img src='http://go.daum.net/bin/love_logo.gif' border=0〉
〈/font〉〈/div〉〈br〉
〈/body〉
〈/html〉

소나무 무덤

1

1982년 남경에서 처음 나타난 소나무재선충은 20여 년 만에 우리나라 산림 전체 면적보다 50만 헥타르가 더 넓은 700만 헥타르의 방대한 숲을 황무지로 변화시켰다. 1985년 재선충이 발생한 대만은 불과 27년 만에 유구송이 완전히 전멸하는 피해를 입었다.

1988년 10월 부산 동래에서 처음으로 발생한 소나무재선충은 한번 감염되면 치사율 100%로 소나무 AIDS로 불린다. 이후 14년이 지난 지금 재선충은 남해안 전역은 물론 울산과 김해, 구미 등 남부지역의 소나무를 중심으로 급속도로 확산되고 있다.

피해가 나타나는 과정

* 재선충 침입 ▶6일 후 : 잎이 밑으로 처지기 시작

▶20일 후 : 잎이 시들기 시작

▶ 30일 후 : 잎이 급속히 붉은색으로 변색, 고사 시작

* 재선충이 침입한 나무는 100% 고사, 당년 90%, 익년 10%

2

坐脫立亡한 서옹 스님께서 이런 臨終偈를 남기셨다.

임제의 한 할은 정안을 잃어버리고
덕산의 한 방은 별천지가 끊어지도다.
이렇게 와서 이렇게 가니
백학의 높은 봉에 달바퀴가 가득하도다.

3

이 승산 없는 싸움에서 확산속도를 미리 차단하는 것 외엔 대안이 없다고, 다큐멘터리 취재진은 말한다. 그래서 죽은 소나무들을 베어내 한 군데 모아놓고 불태워버리는 수밖엔 도리가 없다. 그렇게 다비식을 치르기 위해, 밑동부터 잘라 모아놓은 더미를 '소나무 무덤'이라 부른다. 소나무의 불행한 다비식, 사리를 기대하지는 말 일이다. 正眼을 찾을 일도 아니다. 이제 우리나라에서 소나무가 완벽하게 사라질 날도 멀지 않았다. 白鶴의 높은 봉우리도 우리에겐 없다.

소풍 가는 날

나는 디지털 노마드
지금부터 짐을 챙기자

노트북컴퓨터	센트리노 1.8G / 하드 80G
USB 메모리	512M
디지털카메라	900만 Pixel
MP3 플레이어	iPod 60G
PDA	블루투스 내장 / SD와 CF를 동시 내장
보이스레코더	SDR-5128MP
전자사전	리얼딕셔이 RD-6200

자 떠나자
우주오락실, 신갈피시방, 죽전웹휴게실, 온세상인터넷방
온라인쇼핑몰, 온라인사이버증권, 사이버유명입시학원, 사이버네트워크교회
에로바다, 폰생폰사, 익스트림X, 트위스티닷컴

나 하늘로 돌아가리라
아름다운 이 세상 소풍 끝내는 날
가서 내 살던 곳
무지하게 아름다웠더라고 말하리라*

* 故천상병의 시 「귀천歸天」을 차용, 변형하였음.

우레를 뜯어먹다

비는 소리부터 온다. 무거운 공기가 슬쩍 들어올려지며 바람이 먼저 기별을 한다. 남태평양에서 먼 길 온 바람이 북서쪽 몽고바람과 만나면서 오랜 해후의 눈물을 뿌린다. 일 년 만일세, 흐흐흐, 자넨 늘 그렇구먼, 스스스, 나도 이젠 늙었지, 크르르. 소리가 먼저 오고 눈빛이 마주치고 기어코 하늘이 팍 쪼개지면서 비가 내린다.

탄력적이야, 우리는, 사분의 삼박자야, 왈츠야, 요즘은 더 빨라졌어, 랩이야, 혼자 중얼거리는, 말하자면 독백이야, 그것도 음표가 되지, 현 위에 놓인 빗방울이야, 물론 꼬리도 있고, 꼬리뿐이겠어, 모든 지워지는 것은 흔적을 남기듯, 우레 꼬리에는 열매가 달려, 뜯어먹는 빵이야, 옥수수 식빵, 잘 구운 페이스트리야, 잘게 찢어서 먹는 거, 손으로 뜯어먹는, 개미처럼 갉아먹는, 우리들 죄지은 몸을 정화시키는 반찬이야, 우렛소리는 가라앉은 먼지, 도시 한복판을 점령한, 그 먼지들을 흔들어 깨우지, 마구 씻어내지, 그래서 불이야, 사랑이야, 그리움 같은 거, 물론 눈물이기도 해, 때론 질투, 고독한 저주

이기도, 침묵이기도 하지.

비는 벽산아파트에도 내리고, 경부고속도로에도 내리고, 측백나무에도 내리고, 탄천에도 내리고, 용인 공동묘지에도 내리고, 우렛소리에도 내리고, 내가 먹는 숟가락에도 내리고, 우레를 뜯어먹는 내 밥통에도 내리고, 우리 애인 손수건에도 내리고, 데리다 『그라마톨로지』 260쪽에도 내리고, 플로리다 혜신네 담벼락에도 내리고, 달 어두운 쪽에도 내리고, 태양 흑점에도 내리고, 은하수에 이르러 펑펑 내리고, 내년에도 내리고, 2058년에도 내리고, 세상 저편, 블랙홀에도 내리고……

사리, 21C, 겨울

모래바람 황량한 곳, 거기에 포아풀이란 조그만 풀이 산다는데, 손바닥보다 작은 납작한 풀이 산다는데, 뿌리는 무려 600km, 사막 지하세계를 온통 헤집고 칭칭 감겨 엉켰다는데, 그래 뜨거운 폭풍이 세상 다 쓸어가도 땅에 꽉 눌러붙어 꿈쩍 않고 버팅긴다는데, 일 년 내 비 한 방울 뿌리지 않아도, 지구 아래아래 실핏줄에 닿아 단즙을 빨아먹는다는데, 그 얘기 들었을 땐, 설마! 600km라니, 말도 안 돼, 서울에서 부산 찍고 대구까진데, 그랬었는데, 그후 얼마 지나, 저 먼 사막 남의 나라 얘기가 아니라, 바로 내 몸속, 175cm 대한민국 남자 표준 키를 조금 웃도는 내 혈관이, 모두 합쳐 60,000km에 이른다는 것을 알고 나서야, 아, 그럴 수 있겠어! 탁 무릎을 쳤는데……

내 몸을 내 것, 당연히 여겨온 선입견이, 자연과 우주로 통하는 문이 될 수도 있겠다는, 다소 골 아픈 생각으로 이어졌는데, 내 핏줄은 내 몸 안에서 맴도는 게 아니라, 내 살을 빠져나가, 런닝구 빤스를 뚫고 밖으로 나가, 발밑 흙으로 들어가 지구를 직코스로 가로질러 포아풀 뿌리에 닿거나, 혹 머리털 끝으로 솟구쳐 구름을 뚫고 퀘이사처럼 광막한 우주에 퍼져, 200억 년 나이 먹은 원시우주의 티끌이 되거나, 그래서 내가 포아풀이고 우주이고, 우주가 사람이고 동식물이고, 나무와 토끼 새끼가 사람이고 하늘이 되는 것 아닌가, 사람과 자연이 한 몸이 아닌가, 그런, 내겐 흐렸던 아슴한 심사에까지 이르게 되었는데……

지난 일요일 추운 겨울 오후, 사리 시화호 갯벌 끝, 모형비행기장 근처 갈대밭에 가서, 찬바람 소실소실 옷깃에 담으며 본 풍경이 꼭 그랬다는 얘기다. 온갖 쓰레기 잡것들 잔뜩 밀려와 쌓인 갯벌에, 내가 다가가자 쫑쫑쫑 까만 점들이 포르르 철새가 되어 수면으로 날아오르더니, 서쪽 햇살 한가운데로 날아, 태양에 박히는 것이었다. 그때 솜털뭉치 같은 갈대들이, 글쎄, 까르륵 웃으며 박수를 쳐대는 풍경이, 그 내 몸을 덥힌 황홀한 날갯짓과 소리가, 춤과 노래가, 꼭 그랬다는 얘기다

늙은 가수가 운다

우리 집에서 서너 걸음 안산천을 건너면 중앙동에 닿는다. 거기엔 중심에 이를수록 밤에만 활짝 꽃이 핀다. 세기가 끝나는 어느 여름밤. 소줏집도 자정이 가까워 조금씩 시들해지고, 간혹 소나기가 뿌려지곤 했다. 시간이 이슥하여도 불빛은 휘황하고, 남자들은 총총 여자품 찾아 잦아들고, 우리는, 드디어, 각각, 혼자가 되었다. 밤늦은 시간이 끈적거리고 자꾸 기분이 나쁘게 엉켰다.

그때, 드디어, 나타나셨다. 노란색 빨간색 조명 아래로 재림 예수처럼 늙은 가수가 나타나셨다. 적어도 이십 년 세월 저편의 가락이 그의 손에 접혀 기타 줄을 퉁기는 것이었다. 어니언스, 사월과 오월, 소리새, 하남석, 오래 묵어 잘 익은 노래가 밤차로 떠난 여인처럼 검은 동굴에서 슬금슬금 기어나왔다. 구부러진 소리는 죽음의 문을 열고 혀를 지나 턱을 흘러 사지를 쫙 뻗게 하더니, 허공을 건너 술집 골목을 거슬러 중앙역에 닿았다. 마침 4호선 전철이 멈춰 자동문이 열렸다 닫히고, 노래는 세상을 향해 멀리멀리 퍼져나갔다. 그러나 사건은 그렇게 간단히 끝나지 않았다.

늙은 가수. 이마에 땀이 흐른다. 이미 은퇴할 때가 지났어. 몇몇 아저씨 팬들이 박수를 치고, 몇몇 아줌마 팬들이 '오빠! 오빠!' 외치기도 하지만. 그뿐이다. 무엇을 더 바랄 수 있겠니? 그게 전부라니까. 노래는 추억을 여는 열쇠처럼 바이브레이션으로 흔들렸지만, 남은 것은 없다. 빈 무대에 적막이 깃든다. 가수는 이제 기타를 접어 넣는다. 삼십 분 라이브 무대가 끝나고, 삶과 죽음의 경계에 간신히 매달려 있던 공기가 빗방울처럼 깨진다.

저녁놀

혼자 사는 늙갱이라고 우습게 보지 마시유
내 일찍이 과부 되야 사남매를 혼자서 키웠는디
다덜 장성해서
맏이는 가방 맹그는 회사 사장님 되고
둘째애는 증권회사 이사님 되고
셋째딸은 대학 때부텀 잘 놀더니 대학선상 사모님 되고
막내는 지지리 고상만 하더니
곧 자리잡는다구 걱정 말라구 그럽디다
지난번 구급차에 실려 응급실 올 때 그 잘생긴 애가
개가 막내유
다른 애들은 워낙 바쁘니께 올 새가 없었것지유
내가 죽을병에 걸린 것두 아니구
와서 뭐 해유?
큰애는 일 년에 한 절반은 외국으로 나댕기구
둘째는 굉일도 읎시 일헌다 허구
셋째년은 지 새끼들 밥 멕여 학원 보내야지 건사해야지
그래서 장개 못 간 막내가 온 거 아니유

괜찮아유
작은애 아즉 배필을 못 만나 장개 못 간 것이
늘 마음에 켕기는 거믄유
개가 지 살림 차려서 따순 밥 먹고 댕기는 게
남은 바램이유
그것밖에 없시유, 난 여한 없시유
아, 지들두 인간이믄 에미 보러 한번 오기야 오것지유
괜찮다니깐유
그런디, 의사 선상님 회진 올 때 안 되었시유?
왜 이렇게 자꾸 지랄허구 소피가 마렵드냐
아이고야, 저기 좀 봐유
창밖에 노을이 오늘은 참 곱게 걸렸구랴
내일은 날이 풀리것네

* 아사다 지로의 『천국까지 백 마일』의 모티프를 참조함.

빵 굽는 할머니

우리 집안은 대대로 여기 살았어. 원제 적부터 타오스에 살기 시작혔는지는 나두 몰러. 그냥 우리 할망구 때두 여기 있었으닝께. 저 사진이 바로 우리 할망구지. 예전엔 참 좋았다네. 저 뒷산에 가서 낭구해다가, 저 앞 리오그란데 강에 가서 물괴기 잡아다가, 구워 먹고 그랬지. 흣흣. 다 지나간 옛날 얘기라네. 좋았지, 암.

그 옆 사진은, 이래 뵈두, 내 유명인사라구. 저 바깥에 있는 화덕 옆에서 빵을 굽는 사진인데, 거, 뭐시라는 잡지에 났던 거야. 한 십 년 됐네, 것두. 대단했지. 우리 동네에서 개천에 용 났다구, 다들 쫓아와서 한바탕 잔치를 벌였거덩. 이 빵이 그 빵이야. 하나에 3달러. 이쪽 큰 건 5달러. 동네에서 한턱 쓰라고 그랬지만, 그저 다 재미로 하는 말이지. 아, 못 깎아줘. 3달러라닝께. 저쪽 우리 아들놈이 만든 목걸이는 20달러. 원래 30달러에 팔던 거야. 젊은이한테만 내가 특별히 깎아주리다.

그러니께 내 나이가, 어디 보자, 1920년에 났어. 여긴 내 가게구, 살긴 요 뒤채에 살지. 여기가 원래 우리 동네야. 지금은 외지 사람들이 10달러씩 내고 들어와서 귀경하지만, 우리도 자존심이 있지, 우릴 동물원 원숭이 보듯 하지 말란 말이시. 사진, 사진 찍으려고. 그건 한 번에 2달러. 어게 찍어. 어디 잡지에 낼려고 그래. 그럼 더 받아야 되는디. 안 돼야, 2달러라닝께.

요 흙집이 무너지듯, 세상 인심도 다 헝클어져서, 요즘은 여기 오는 이도 별로 없다네. 젊은이맹쿠로 어디 덜떨어진 놈들이나 가끔, 휭 왔다 휭 가버리지. 여기 와서 알랑방귀 뀌고 떠들다가, 선거철만 끝나면 뒤돌아보지도 않는, 드러운 놈도 많어. 에구, 우린 그렇게 살아왔다네. 빵 굽는 솜씨야 여전허지. 이거 버터 넣고 온갖 곡식 없어서 맹근 거니께, 아주 좋은 거여. 어여, 많이 먹어.

달맞이꽃

초저녁 어둠
시화호 방죽 비탈, 소설가 김형과 놀러 간 날
어둠이 한 겹 벗겨지며 동쪽에서 달이 슬몃 솟으려는,
그 정지 순간
꽃, 꽃들이, 글쎄 노란 강냉이들이
툭, 투둑, 툭, 투드득— 아니, 이건 틀려
톡, 팍, 푹, 탁— 아니, 이것도 아니고
방끗, 살짝, 환히, 후다닥— 그래, 그렇게
꽃들이 입을 버는 것이었다

세상에, 어머나, 증말이네, 웃긴다
달을 보고 입을 헤 벌리는 꽃잎들
그 황홀한 씨앗이 짝짓기처럼 가슴에 들어와 부풀었는데
그게 얼마나 슬픈 일인지
한 세월 더 지나 불혹을 넘기고야 겨우 알게 되었다
'웃긴다' 가 아니었다
그건 '운다' 였다

메카노가 부른 〈달의 아들〉 들어봤니? 전설을 들어봤니?
나도 잘은 몰라, 그냥 들어봐.
세상 모든 어둠이 달빛을 누르고 쳐들어왔다가
달의 자식을 남기고 사라졌지
달의 자궁
톡, 탁,
노란 달껍질을 갖고 놀고 있잖아
몸에서 제 머리통을 뚝 떼어내 하늘에 띄워놓고
더러 방죽 풀숲에 떨어진 것도
정말
아름다운 밤이야

웰빙 식사

오늘도 세 차례 장례를 치렀다

아침, 빵과 샐러드를 먹었다
밀과 브로콜리 시체를 다 먹고 나서
오렌지 생살을 짜마셨다

점심, 고등어구이 백반을 먹었다
등 푸른 생선 시체, 꼬막 미역 벼의 시체들
짓이겨 흐물흐물해진 몸들로 배가 불렀다

저녁, 삼겹살과 소주를 먹었다
토종돼지 껍질에 묵은 김치를 곁들였다
사무실 근처 단골 장례식장에서
담배로 향을 피우며 죽음의 축제를 즐겼다

생의 맛있는 기록을 읽으며
부드러운 시체들 틈에 내 몸을 끼워넣었다

즐겁게, 지겹게
이만큼 왔다

운명 X파일

〔리스본 AP=연합〕 포르투갈 고유의 파두 음악으로 세계인의 심금을 울렸던 여가수 아말리아 로드리게스(79)가 10월 6일 사망했다고 포르투갈 국영 RDP 라디오가 보도했다. 1920년 리스본에서 태어난 로드리게스는 파두를 전 세계에 전파해 '파두의 대사'라는 별칭을 얻었으며 '검은 돛배'로 한국에도 잘 알려져 있다. '운명'이란 뜻의 파두는……

〔베빈다, FATUM (1994)〕 앨범 〈Fatum 운명〉은 포르투갈에 대한 깊은 애정을 보여주는 우수에 찬 멜로디를 들려주고 있다. 흔히 파두는 가슴 밑바닥 절망으로부터 끓어오르듯 부르는 멜리스마 창법, 전통악기인 '기따라'의 반주, 그리고 인간의 운명, 향수, 이별을 다루는 주제. 하지만 80년대 후반 이후 포르투갈의 '파두'는 클래식을 결합시킨 Madredeus의 세계적인 성공과 더불어 활발한 크로스오버의 경향을……

세월은 상처마저 지우고
켜마다 환하게 꽃불을 밝히고 오라 하네

오라 하네, 우리
다시 그 시절 돌아간다면 다시 스물이 된다면
눈꽃처럼 촉촉한 당신 얼굴
손끝에 만질까

나무독수리

지난 여름 거대한 나무독수리 한 마리가 내게 왔다. BC 주립대학 인류학 박물관에서 인디언 토템을 둘러보고 난 직후였다. 날개를 접고 몸을 잔뜩 웅크렸는데, 둥글고 푸른 하늘을 금방이라도 움켜쥐고 솟구칠 기세였다. 눈에선 검붉은 불꽃이 툭툭 터지고 천 년 묵은 바람이 날개를 팽팽히 잡아당기고 있었다. 대지조차 긴장을 참지 못해 신음소리를 냈다.

내력은 이랬다. 이만 년 전 내몽고를 떠나 캄차카를 건너 알래스카 긴 겨울을 지낸 다음, 나토스와 코코미케이스가 로키 산맥을 내려갔다는 것이다. 얼음 풀리면 연어를 잡고, 길이 막히면 수백 리 강을 거슬러, 때론 침묵의 언어들을 바위에 새기면서, 산맥을 디뎠다는 것이다. 어디 길은 하나뿐이랴. 길 아닌 곳을 가면 길이 되지 않겠는가.

흰 눈이 가득한 툰드라에서 오로지 땅을 굽어보고 생의 시작과 끝을 일러주는 것은 독수리뿐이었다. 독수리 날개와 눈을 통해 세상이 하나로 평온해지자, 나피는 세계를 창조한 다음 진흙으로 인간을 만들었다. 그가 새로 만든 인간들에게 자기를 소개하자 최초의 여자가 인간은 영원히 살 수 있는지 물어보았다. 그는 나무토막을 강에 던지면서 나무토막이 물 위에 뜨면 인간은 죽었다가 나흘 만에 다시 살아나고, 가라앉으면 다시 살아나지 못한다고 말했다. 나피가 던진 나무토막은 물 위에 떠올랐다. 그러나 최초의 여자는 돌을 강에 던지면서 그 돌이 물 위에 뜨면 인간이 영원히 살게 될 것이라고 말했다. 돌은 물에 가라앉았다. 그는 인간의 죽음은 인간 스스로 선택한 것이라고 말했다.

나무독수리는 다운타운의 레스토랑까지 나를 따라와 내가 스테이크를 먹을 때, 인디언의 모습으로 창가에 서 있었다. 깃털로 만든 투구를 쓰고 활과 창을 잡았는데 곧 전쟁이 터질 것이라 했다. 그리고 이어 모든 사람이 죽고 신성한 숲에 세워놓은 토템도 쓰러지리라고 예언했다. 세계를 창조한 사려 깊고 현명한 하늘의 아버지의 말씀이었으므로, 이만 년 전에 그가 전한 밀지(密旨)가 이만 년 후에도 유효한지, 몽골의 후

예인 나로서도 알 수가 없었다. 그건 내 능력 밖의 일이 되고 말았다. 지금 그곳에 인디언은 없기 때문이다.

* BC(British Columbia) 주립대학은 캐나다 밴쿠버에 있다. 블랙풋 인디언 신화에서 '나피'는 창조의 신, '나토스'는 나피에 이은 최고신, '코코미케이스'는 나토스의 아내이자 달의 여신이다.

3부

적멸

스무 해 전에 보낸 편지에
스무 해 지나 메일로 답이 왔다

알 수 없는 일, 겨우겨우
가는 목숨을 어찌어찌 이어오던 난 화분에
꽃이 달렸다

모든 목숨은 물 같은 그리움이거나
빈집을 흐르는 울림이거나
상처의 흔적이거나

봄 편지

두 점 사이에 우린 있습니다
내가 엎드린 섬 하나와
당신이 지은 섬 하나
구불구불 먼 길 돌아 아득히 이어집니다
세상 밖 저쪽에서 당신은
안개 내음 봄 빛깔로 써보냅니다
잘 지냈어…… 보고픈…… 나만의……
그건 시작이 아니라 끝, 끝이며 또한 처음
맑은 흔적을 확인하는 일입니다
혹시 압니까
온 세상 왕창 뒤집혀 마른 잎 다시 솟고
사람들 이마에 꽃잎 날릴 때
그 너울 사이사이
흰 빛 내릴 때
그쪽 섬에 내 편지 한 구절 깊숙이 스미고
이쪽 섬에 당신 편지 한 구절 높이 새겨져
혹시 압니까

눈물겨운 가락이 될지 섭리가 될지

아프게 그리운

한 흙이 될지

간다, 봄

아직 희망이 남아 있던가
꽃이 흐드러지게 피었다 하염없이 진다
저 꽃들은
이제 꽃을 지운 자리마다 조그만 열매를 매달기 위해
햇살과 물과 바람을 몸통에 비벼넣겠지
그렇게 봄이 간다

아무것도 없는 상태
텅 빈 속절없음이 오래 지속된다
시를 쓰지 못한 지
한 해가 넘었다
내가 그리울 것도 나를 그리워할 누구도 없이
봄은 가고

미친놈이라 부르든 말든
너를 내 그리움의 철창에 가두고 풀어놓지 않는다
이것도 병이지, 병통이야

이렇게 애매모호한 표현밖에 쓸 수 없는 날
바람에 날리는 꽃들,
우우 운다

상처 맑은 집

흰 꽃처럼 맑게 얹히면 좋겠네
당신 숨소리로 창을 열고
철마다 꽃을 들여 저녁식탁을 향기로 채우겠네
밥그릇에 감자 같은 달을 떠놓고
노랗게 익은 차를 끓여 가만 내려놓겠네
혹 밤 늦으면 어둠을 헤쳐보거나
혹 낙엽 쓸리면 밤바람 감기는 소리 듣겠네

지금
어디 있는지
천만 리 먼 길에
상처에 핀 등꽃이 된다면
어둠 속에서
당신
환한 몸
만져볼 수 있다면

비파호에서

꿈이 뒤숭숭한 날
호수에 닿았다 건너 먼 산꼭대기에는
모자처럼 흰 눈이 덮여 있다
꿈에서 나는 눈꽃을 따라 벌판을 헤매었는데
깨고 나니 텅 빈 물뿐이었다
텅 비었다는 건 물론 어울리는 말이 아니겠으나
구름에 몸을 감추었다 비스듬히 쏟아져 꽂히는 저녁 햇살도
이국어로 된 표지판처럼 낯설다
잠시 머물다 가자
황금물살에 손을 씻으며 여기까지
당신 따라왔으니

법륭사 뒤뜰

아직 바람 차고 뜰은 쓸쓸한데
매화꽃이 막 벌어지고 있다
때를 알아 두꺼운 껍질을 열고 커튼을 들어올리던 꽃
내 눈과 마주치자 얼른 숨어버린다

말로 다 말하지 못하고
가슴속에서만 피었다 지는 꽃 내겐 있다
흰 꽃잎 눈부셔 햇살에선 사라지는
그림자만 길게 다음 생으로 이어지는 그런 사람 있다
봄이 아니어도
향기 늘 그윽한, 쓸쓸하게 아름다운

여긴 바다 건너
매화꽃 한 잎 떼어 바람에 날리면
언제 당신에게 닿을지

눈길

밤새 폭설은 입구부터 산 중턱까지
이른 아침 작은 오솔길을 지었다
서툰 내 흔적이 길게 하늘로 이어진다
새소리도 멈추고
청솔가지도 잠시 무게를 뉜 사이
툭툭 당신 작고 둥근 발자국이 나란히 찍힌다
하나 된 두 발자국
뜨겁게 겹친 몸 위에
눈꽃 스민다

沙江을 건너며

그대, 사강을 아는가
명사산 모래바람이 내는 슬픈 목소리처럼
고비사막의 차고 검은 겨울하늘처럼
꿈 같은 그런 것, 아니 서해바다 가까운 여기
사강은 먼지 속에 고요히 누워 있다
밟으면 소리 대신 자국이 인다 엷은 햇살 속에
포르르 날아오른 먼지 알갱이들이 흔들흔들 가라앉는 것처럼
사강은 고요 속에 움직임을 갖는다
나는 누구이고
너는 또 누구인지
세상과 이어진 끈들이 사강에 이르면 모두 끊어진다
끈적끈적한 시간의 경계를 넘으면서 사라진다
그대 향해 가는 이 길
아득하다
어쩌면 지워진 것은 우리 몸이거나
사랑이란 이름으로

영원히 지워버린, 현재-과거 틈일지도 모른다
어디에도 모래는 없다
39번 국도를 따라가다 남양 쪽으로 306번 지방도로 접어들어
우음도 · 마산포와 대부도 · 제부도 갈림길
강 흔적도 보이지 않는다

서어나무 숲에 닿아

말 안 해도 다 들려
적막도 길을 멈춘 겨울숲
바람 불 때마다 산이 부르르 몸을 떨면
쌀알처럼 흩어지는 눈가루
그리움도 단단하게 소리가 되는 곳

그저 아득한 먼 길을
늘 단숨에 갔다 쉼없이 돌아온 것 같은
함께 있어 쉬 흘러가버리는
그런,

꿋꿋한 척
하지만 쓰러질 것 같은
때론 그래, 쓰러진 채로 기다려야지 생각하며
때론 아니, 일어서야지, 서야지 하면서
늘 울리는

너무 맑아 두려운 소리
굴참나무 지나 서어나무 군락지에 이르면
거기 떨고 있는 당신

흰 꽃

당신은 일곱시면 돌아가죠
미궁으로 돌아서서
우주 허공 저쪽으로, 아득하지요
조금도 늦으면 안 되죠
시간의 거대한 문이 서서히 닫히면서
우리를 음흉하게 비웃고 있죠
비밀의 책에 이미 그렇게 적혀 있다고
계시된 각본이라고, 아니면
천공을 가르는 검은 강물이
당신과 나 사이에 놓인 길을 단호히 끊어버리듯
문제가 무엇인지, 답이 무언지
이미 우린 알고 있죠
당신은 일곱시에 돌아가야 하죠
꿈길에라도 천리향처럼 퍼져
만 리 밖 당신 귓가에 작은 떨림으로 닿는다면
내 울음이 당신 뺨을 쓰다듬어
당신 환하게 빛난다면

거기, 그렇게 가만
가만히 있어도 좋겠지요, 당신 자리
어둠에서만 피어나는
한 송이 꽃이어도

심화

삼각산 도선사에 기거하는 도웅 스님이
신년 엽서를 보내오셨는데
굵은 먹으로 '心花' 두 글자가 전부였다
마음에 핀 꽃? 마음이 곧 꽃?
중용에 들어 평정을 이루면 만물이 아름답다는 뜻?

엽서 받던 다음날 아침
창을 열다 숨이 탁 막힌다 심화로 심란하던 밤새
음모처럼 세상이 변했다
눈

꿈속에서 나는 처절하게 죽었는데
피 묻은 채 나자빠진 몸통을 버려두고 내 가벼워진 영혼이
한 사람만을 좇아 날아다녔는데
그때만 해도 세상은 텅 비어 있었다

내가 없는 사이 눈은

모든 것을 덮어버렸다
풀포기를 덮고 청솔가지 백양나무를 덮고
가사미산 수리봉 꼭대기까지
아니, 내 빈 영혼이 잠시 떠돌던 검은 우주 저 허공까지
희다

내 짐작이지만
알 것 같다, 그 눈이 어디서 왔는지
눈꽃이었던 한 사람이 이제
흰 쌀밥이 되어 하염없이 하염없이
내 가슴 위로
내려앉는다

그건 당신 때문이야

나무들이 건네는 소리를 들은 지
오래되었다
빗방울이 돌에 부딪혀 이름을 새기는 것도
이젠 낯설고 먼 일이 되었다

나무 끝에 찔려 꼼짝 못 하는
저 흰 구름과의 대화도 수천 년 전이다
내가 들은 모든 소리와 빛은
둥글게 말리고 완고하게 굳어져
작은 폭탄처럼
내 몸 풀어질 때 함께 터져버릴 준비를 하고
입을 다물었다

세월 가고
옛날은 남았지만
밀어들은 모두 흩어져 납작하게 눌어붙어
드디어는 흙이 되었다

없는 것이 되었다

물방울처럼 맑고 여려
그 이름조차 부를 수 없는 지금
새봄, 땅에 뿌렸던 씨앗들이 공기를 뚫고 나올 때
그 곁에 다시 앉아볼 수 있겠다
나무와 돌, 아니
모두 다 나를 지우는 일이다

계곡에서 묵다

화양동, 어둠이 가득하다
하늘에 수없이 박힌 별들이 틈을 내어준다
아카시아 향기가 밤길을 따라온다
낮에 물고기가 왜가리와 숙덕이던 자리에도
촉촉하고 싸늘한 공기가 내려앉았다
묵은 마음을 깨끗이 씻어서
계곡 화강암 흰 너럭바위에 널어놓았더니
사흘 햇살에 온몸이 뽀송뽀송해졌다
연두색에서 초록색으로 막 페이지를 넘기던 산자락도
지금은 웅크리고 잠들었다

새벽에는 서늘한 들창바람에 잠이 깨었는데
유리창 틈으로 별 하나가 나를 내려다보고 있었다
푸르고 커다란 별
수만 광년 밖에서 온 사람이었다
'당신이 온 걸 꿈결에 알았어
아주 오래오래 날 들여보고 있었지?'

그 별이 낮고 떨리는 목소리로 말했다
'당신이 계곡 금낭화 곁에 앉아 생각에 젖었을 때
나도 산나리 옆자리에 있었어'
아침이 다가오자 별은 빛살 새로 스며들어갔다

작은 것에 매여 사는 하루하루에 대해
우리가 함께 걸어가는 이 길에 대해
어둠과 미래와 단음과 쾌락과 지혜로움에 대해
거듭 새겨보았다
그렇게 일 주일만 산꽃과 물고기와 몸 섞고 나면
세상이 환하게 뚫릴 것 같았다
술 안 마셔도 될 것 같았다
부르지 않아도 닿을 것 같았다
당신 비록 멀리 있어도
그리움이 맑아 더 향기로울 것 같았다

검은 항해

정갈하게 개켜진 당신 편지 받고…… 수없이…… 망설이다…… 이렇게 몇 자 적습니다

세상 모든 아름다움, 그 추상의 힘이 밀어올린 절대의 세계에 당신이 살고 있다는 믿음은 여전합니다

당신에게 닿는 길

그렇습니다

빛으로 가득한 당신 머리 위에 내 작은 기억이 지나가는 그림자라도 된다면

조금씩 흐려져 결국 흔적조차 지워지고, 그 빈자리를 보며, 어, 이게 무어야? 말할 수 있게 된다면……

우리 섰던 포구 소금창고, 저녁 어스름 속에 푸른 실핏줄처럼 혹은 유령처럼 가라앉았지요

하지만

멀고 가까움은 다 부질없는 속셈에서 생긴 것, 다가서면

더 멀어지는 그림자일 뿐

그간 건너뛴 거리만큼, 그리움도 높이 쌓여, 이제 그 너머
당신은 검은 해일이 되어 내 삶을 고요히 덮습니다

조금씩

조금씩

어두워집니다

요요마를 듣는 밤

먼 길이었습니다. 멀다 할밖에요. 무덤 무덤 피었다 수그러든 풀더미만 발자국 지우며 길섶에 서 있었습니다. 양편, 데스밸리와 시에라 산정에 덮인 눈들이, 안녕, 빈 사막에 사잇길을 냈습니다. 빈 것조차 없어져, 아득히 지평선 끝까지 뻗은, 길 외엔 무엇도 있을 수 없는, 그 끝을 향해 우린 다섯 시간이나, 함께, 갔던 것입니다.

아니, 간혹 소리가 있었습니다. '없다' 고 하면 안 되겠습니다. 길은 님므 족 전설을 들려주었고, 당신은 두렵다고, 우리 사이엔 큰 바다가 있다고 그랬습니다. 그건 우리가 가졌던 동일한 공포였는데, 누가 어떻게 정하든, 유령처럼 스며 우리 몸을 이미 적신 뒤였습니다. 당신은 나의 서툰 손끝에 비명을 질렀고, 당신의 흔들림은 나를 더 뜨겁게 만들었습니다.

우리가 함께 섞은 말들은 단음이었음에 틀림없습니다. 모래와 함께 지새운 아침, 아스펜덜 마을, 풀조차 망연해지는 산정호수에 이르러서야, 겨우 깨달았습니다. 손톱만한 낮달이 서쪽 바위산에 紋章처럼 걸렸는데, 달의 아이들은 보이지 않고, 우리가 한낮 적막 속에서 낮게 합창이라도 한 듯, 소리는 침묵으로 우릴 덮었습니다.

비샵까지 이 밤을 끌고 갑니다. 당신, 아직 거기 있습니까.

포구에서

바다 건너론 늘 안개가 깔렸다
어둡고 깊어 사람들은 그 속을 잘 알지 못한 채
원래 거긴 그런 데야, 접곤 했다
저녁 바람이 햇살 틈으로 밀려든다
방파제 돌무지에 스민 하루치의 햇살이 온기를 간직한 채
따스하게 우리를 앉힌다

곁에 있다는 것만으로 눈물겨운 축복이니
당신 찬 손에 뜨겁게 입 맞추고 온몸이 소금에 절여질수록
견딜 상처도 바다처럼 넓어지겠지

인생은 우리 뜻과 상관없이 제멋대로 흘러가는 것
자꾸 밀려오는 파도에
몸을 뒤집어 보이는 검붉은 미역 줄기
나직이 향을 풀어 앉았던 자리를 지우는 김발처럼
우리 쌓은 내밀한 이력도 이젠 더 감추기 어렵게 되었는데
생이 이렇게 넘친다면

황홀과 고통이 한 줌의 처연한 슬픔이 된다면

안개는 우리가 누운 곳을 비켜
바다 건너 만년설에 층층이 소금처럼 눈꽃을 뿌린다
보고 싶어……
모든 말이 바람이 되면서, 파도가 조금씩 거칠어지면서
저녁이 깊어져갔다

여름의 끝

밤새 내리던 비가 아침, 잦아들며 안개로 변했다. 낮게 내려 길까지 희게 감쌌다. 가끔 헤드라이트를 켠 자동차들이 깜짝 놀라 속도를 줄였다. 길은 외롭게 뻗었으나, 결국 작은 바닷가 마을에서 끝나게 되어 있다. 14번 도로는 외길이었다. 바다와 산, 그 샛길 경계를 따라가다, 해변으로 뚫린 공지에서 멈췄다. 안개가 마을을 맛있게 먹어치우고 있었다.

앞으로 가면 등 뒤에서 길은 다시 지워졌다. 저게 뭐야? 당신이 물었다. 토실토실 물오른 검은 곰 새끼 한 마리가 어슬렁대며 풀을 뜯고 있었다. 곰을 본 건 우리 둘 다 처음이어서, 카메라를 누르고 호들갑을 떨었지만, 곰에게 우리는 아무것도 아니었다. 곧 그는 숲으로, 안개의 집으로 돌아갔다. 거기에서 우린 아무것도 아니었다.

여름이 끝나가고 있었다. 포구에선 검붉게 그을린 어부들이 맥주를 마시며 생선을 먹고 있었다. 14번 도로가 멈춘 곳에서 우리도 마지막 여름을 기념하는 식사를 했다. 바닷물이 진남색으로 변해갈 즈음 우리는 넙치 튀김을 다 먹어치웠다. 당신도 맛있게 생선을 먹었다. 마지막 그리움이 담겼던 접시를 비우고 나자, 드디어 배가 불렀다.

중세의 사랑

최근 한 이름 없는 고분에서 CD기록물이 발견되었다. 발견자에 의하면 그 CD는 미라 형태로 거의 원형이 보존된 한 남자의 손에 쥐어져 있었는데, 많이 낡고 훼손되었으며 모서리가 부서져 복원이 불가능할 것으로 예측되었었다. 그러나 TSD(시간 되돌림 장치)라는 최신 장비를 사용한 결과 80% 이상의 내용이 밝혀지게 되었다. 거기에 기록된 구절의 일부를 인용한다.

…… ■■■에 다녀왔다. 우리는 눈꽃에 대해 오래 이야기했다. 나는 그가 눈꽃처럼 아름답다고 말했다. 그는 쿡쿡 웃었다.

■■ 만나던 날 비가 내리고 하늘이 가깝게 내려와 있었는데 아직도 빗방울 간혹 날리고 하늘도 흐릿…… 여기 ■■은 아직 익숙하지 않아서 낯선 방에 들어온 느낌. 좀더 있으면 아늑함이 느껴질까…… 자기 손가락은? 물집만 잡히면 곧 낫겠지? 손이 물에 젖지 않도록 조심해야 하는데. 금요일 오후엔 ■■■ 없어. 한가하게 책도 읽고……

당신 만나고 돌아올 때는 정말 만났던 걸까, 바람결에 당신 그림자가 스쳐지나간 건 아닐까…… 텅 빈 느낌…… 당신은 예쁜 옷보다 더 예쁘기 때문에 ■■■ ■■■ ■■■ 어제 산 그 옷은 66으로 바꾸지 않는 게 좋을 것 같아. 큰 옷을 입었을 땐 ■■ 미웠어. 겨드랑이가 꽉 끼면 세탁소에 가서 거기만 조금 늘려 고쳐달라고 해봐.

토요일엔 당신이 동생 만난다고 해서 전화 안 했어. 어제 저녁에는 ■■에 술 마시러 갔어. ■■■ 서어나무 숲에 가자고 누군가가 제안을 하는 바람에 한밤중에 거기까지 다녀왔지 뭐야. 자기야, 그 나무들 생각나지? 그 비 오던 날, 바닷가, 그 서어나무 밑에 우산 쓰고 들어가서 우리 ■■■했던 거…… 그 나무 말이야.

이렇게 텅 빈 시간이면 나도 모르게 생각이 당신에게로 달려가. 나를 잘 모르는 사람들은 내가 늘 꽉 차 있다고 생각하고…… 조금 아는 사람은 사실은 절반은 비어 있어 쓸쓸하다 할 거야. ■■■■■■ 그 절반을 차지하고 있는 투명한 당신이 거기 ■■■ 알겠지…… 자기가 있어서 나는 늘 마음이 둥글어지고 따뜻해져.

그 미라의 주인공은 지금으로부터 약 이천오백 년 전인 20세기 후반에 한반도에서 살았던 무명시인으로 추정되는데, 불행히도 자신의 이력에 대하여 서술한 부분은 복구가 되지 않아 자세한 인적사항을 알 수 없다. 하지만 그 방대한 양의 기록과 사진, 음성파일 등은, 중세사 연구에 획기적인 전기를 마련해줄 것으로 평가된다.

망초꽃 다리

자, 말해보시게
무슨 고민인지, 우리 사이 두 겹 세월이 쌓여 있어
이미 화석으로 굳어버린 것도 많지만
다 지워졌다 해도 뼈 마디마디
새겨진 내력이야 어쩌란 말인가

물론 그 여자, 객관적으로 솔직히, 예쁘다고는 할 수 없지
하지만 어디 그만한 사람이 있을까
봉긋 통통한 젖가슴에 개미허리, 그거 드문 일이지,
마음씨는 다소곳, 담백하면서 톡 쏘는 맛
스프링노트 같은 여자지

하지만 사랑은 양파 같은 것
내 지나온 길 그대로 한 걸음씩 따라올 것이니까, 그 스무 해
세월의 껍질마다 눈물을 쏟아놓고
아, 슬프고 외롭다, 말할 때면
이미 다 벗겨진 것, 텅 빈 것

잘 새겨두시게
세상에 착한 여자는 없다네, 가슴에 시퍼런 칼날 품고
내 심장을 조금씩 저며낼 거야
세상에 예쁜 여자는 없다네, 변검술의 화려한 가면처럼
수천 개 얼굴을 바꾸지

오래 묵었다면 이미 그건 옛 사랑이 아니야
잘 썩어 독이 되었거나, 잘 익어 독한 술이 되었거나
나나가 죽고 피피가 살아나듯
그리워할 것들은 언제나 되살아나 내 살에 문신을 새기고
다가올 시간의 옷자락에 구멍을 내지

우리 스무 해 사이
다리가 놓이고 이렇게 만나
망초 오른 강둑에서 세상과 여자와 검은 미래에 대해 말하
지만

내가 지난 나를 감추고 싶듯

지난 내가 지금의 나를 알지 못할 것이니

새가, 날아간다

차는 강을 따라 한 시간쯤 달린다
시간이 멈추어 끈적거린다
흑백사진 속으로 들어서자
잠시 덜컹거리던 길은 다시 평탄해진다

빛과 어둠으로만 구별된다
깨끗하거나 얼룩이 묻은 흔적이 흐릴 뿐이다
씻어낸 강물처럼 마음에 빗금이 그어진다
아니, 투명해진다
지워진다

허공에 박힌 새가
우리를 내려보고 있다
새 눈에는 세상 모든 얼룩들도, 그 무게조차
자신보다 더 작은 점일 뿐

사랑해

이건 얼마나 두텁게 간이 밴 말인가
새가 이미 우리 쓰림을 다 알고 있다고 눈 끔뻑이더니
무명을 털고 날아간다
허공 가득
흰 꽃이 날린다

흰 꽃

초판인쇄 | 2006년 2월 6일
초판발행 | 2006년 2월 20일

지 은 이 | 정한용
펴 낸 이 | 강병선
책임편집 | 조연주 김경미
펴 낸 곳 | (주)문학동네
출판등록 | 1993년 10월 22일 제406-2003-000045호

주 소 | 413-756 경기도 파주시 교하읍 문발리 파주출판도시 513-8
전자우편 | editor@munhak.com
전화번호 | 031) 955-8888
팩 스 | 031) 955-8855

ISBN 89-546-0088-3 02810

* 이 도서의 국립중앙도서관 출판시도서목록(CIP)은
e-CIP 홈페이지(http://www.nl.go.kr/cip.php)에서 이용하실 수 있습니다.
(CIP제어번호: CIP2006000247)

www.munhak.com

문학동네 시집

김남주 옛 마을을 지나며
도종환 사람의 마을에 꽃이 진다
김영현 남해엽서
박 철 새의 全部
하종오 쥐똥나무 울타리
김형수 빗방울에 대한 추억
서 림 伊西國으로 들어가다
염명순 꿈을 불어로 꾼 날은 슬프다
이동순 꿈에 오신 그대
안찬수 아름다운 지옥
박주택 방랑은 얼마나 아픈 휴식인가
신동호 저물 무렵
손진은 눈먼 새를 다른 세상으로 풀어놓다
유강희 불태운 시집
최영철 야성은 빛나다
문복주 우주로의 초대
권오표 여수일지(麗水日誌)
하종오 사물의 운명
주종환 어느 도시 거주자의 몰락
오세영 아메리카 시편
이윤학 나를 위해 울어주는 버드나무
이재무 시간의 그물
윤 효 게임 테이블
고재종 앞강도 야위는 이 그리움
이명찬 아주 오래된 동네
정우영 마른 것들은 제 속으로 젖는다
함명춘 빛을 찾아나선 나뭇가지
심호택 미주리의 봄
하종오 님
김시천 마침내 그리운 하늘에 별이 될 때까지
이산하 천둥 같은 그리움으로
서동욱 랭보가 시쓰기를 그만둔 날
마종하 활주로가 있는 밤
김명리 적멸의 즐거움
김익두 서릿길
박이도 을숙도에 가면 보금자리가 있을까
정영선 장미라는 이름의 돌멩이를 가지고 있다
윤희상 고인돌과 함께 놀았다
최갑수 단 한 번의 사랑
이윤림 생일
양정자 가장 쓸쓸한 일
박 찬 먼지 속 이슬
서 림 세상의 가시를 더듬다
윤의섭 천국의 난민
박 철 영진설비 돈 갖다 주기
김철식 내 기억의 청동숲
박몽구 개리 카를 들으며
김영무 가상현실
양선희 그 인연에 울다
조창환 피보다 붉은 오후
김영남 모슬포 사랑
윤제림 사랑을 놓치다
강연호 세상의 모든 뿌리는 젖어 있다
한영옥 비천한 빠름이여
김경미 쉬잇, 나의 세컨드는